EL FAMOSO COHETE

Título original: *The Remarkable Rocket*
Traducción: Úrsula R. Hesles

QUINTA EDICIÓN

©1992 EDICIONES GAVIOTA, S. L.
Manuel Tovar, 8
28034 MADRID (España)

ISBN: 84–392–8693-7
Depósito legal: LE. 85-2003
Printed in Spain – Impreso en España
Editorial Evergráficas, S. L.
Carretera León – La Coruña, km 5
LEÓN (España)

EL FAMOSO COHETE

Oscar Wilde

Ilustraciones de
JULIA DÍAZ

5ª Edición

EDICIONES
Gaviota

El hijo del rey iba a casarse, y se celebraban grandes festejos por tal motivo. Había esperado un año entero a la novia, que, al fin, había llegado. Era una princesa rusa que había venido desde Finlandia en un trineo tirado por seis renos. El trineo parecía un gran cisne de oro, y entre las alas del cisne iba echada la princesita. Su largo manto de armiño la cubría hasta los pies, en la cabeza llevaba un gorrito de tisú de plata, y era tan pálida co-

mo el Palacio de Nieve en que había vivido siempre. Era tan pálida, que a su paso por las calles todo el mundo se admiraba: «¡Parece una rosa blanca!», exclamaban, y le arrojaban flores desde los balcones.

El príncipe la estaba esperando a la puerta del palacio para recibirla. Él te-

nía los ojos soñadores, color violeta y los cabellos como oro fino. Al verla, hincó la rodilla en tierra y besó su mano.

—Vuestro retrato era hermoso —murmuró—, pero vos sois aún más hermosa que vuestro retrato.

Y la princesita se ruborizó.

—Antes parecía una rosa blanca —dijo un pajecillo a su vecino—, pero ahora parece una rosa roja.

Y toda la Corte estaba fascinada.

Durante los tres días siguientes, todo el mundo repetía: «Rosa blanca, rosa roja, rosa roja, rosa blanca.» Y el rey ordenó que le doblaran la paga al paje. Como él no tenía paga alguna, no ganó mucho con ello, pero el hecho fue considerado como un gran honor y debidamente publicado en la «Gaceta» de la Corte.

Pasados aquellos tres días, se celebró la boda. Fue una ceremonia mag-

nífica. El novio y la novia marcharon con las manos enlazadas bajo un dosel de terciopelo púrpura bordado de pequeñas perlas. Luego hubo un gran banquete oficial que duró cinco horas.

El príncipe y la princesa se sentaron al fondo del Gran Salón y bebieron en una copa de cristal purísimo. Sólo los verdaderos enamorados podían beber en aquella copa, pues si labios fal-

sarios la tocaban, se empañaba, vol-
viéndose gris y mate.

—¡Está claro que se aman! —dijo el
pajecillo—, ¡tan claro como el cristal!

Y el rey le dobló la paga por segun-
da vez.

—¡Qué honor! —exclamaron todos
los cortesanos.

Tras el banquete hubo un baile. El novio y la novia salieron a bailar juntos la Danza de la Rosa, y el rey había prometido tocar la flauta. Tocaba muy mal, pero nadie se atrevió nunca a decírselo, porque para eso era el rey. Además, sólo sabía dos tonadas, y nunca estaba seguro de cuál de las dos era la que estaba tocando; pero daba igual, pues hiciera lo que hiciera, todo el mundo exclamaba: «¡Delicioso! ¡Delicioso!»

El último número del programa consistía en una gran quema de fuegos artificiales que debían ser lanzados exactamente a medianoche. La princesita no había visto fuegos artificiales en su vida, así que el rey había ordenado que el Pirotécnico Real estuviera de servicio el día de la boda.

—¿Cómo son los fuegos artificiales? —preguntó ella al príncipe una mañana, paseando por la terraza.

—Son como la Aurora Boreal —dijo el rey, que tenía la costumbre de responder a las preguntas que iban dirigidas a los demás—, solo que mucho más naturales. A mí me gustan más que las estrellas, porque siempre sabes cuándo van a aparecer, y son tan deliciosos como la música de mi flauta. Ya verás.

Así pues, habían instalado una gran plataforma al fondo del jardín real, y tan pronto como el Pirotécnico Real hubo puesto cada cosa en su sitio, los

fuegos artificiales empezaron a charlar unos con otros.

—El mundo es hermoso de veras —exclamó un pequeño buscapiés—. Mirad esos tulipanes amarillos. Pues bien, ni aunque fueran realmente petardos serían más bonitos. Estoy muy contento de haber viajado. Los viajes ilustran y hacen olvidar los prejuicios que uno tiene.

—El jardín del rey no es el mundo, incauto buscapiés —dijo una cola de cometa—. El mundo es un lugar inmen-

so y te llevaría tres días recorrerlo en su totalidad.

—Cualquier sitio que ames, es el mundo para ti —exclamó meditabunda la rueda de Santa Catalina, que en su juventud había tenido una unión sentimental con una vieja caja de madera de pino y se vanagloriaba de su corazón destrozado—; pero el amor no se estila ya, los poetas lo han matado. Han escrito tanto sobre él, que nadie los cree, y no me sorprende. El amor verdadero se sufre en silencio. Yo misma recuerdo que una vez... Pero eso ya no importa. El romanticismo es cosa del pasado.

—¡Qué tontería! —dijo la cola de cometa—. El romanticismo no muere nunca. Es como la luna, que vive siempre. El novio y la novia, por ejemplo, se quieren muchísimo. Oí hablar de ellos esta mañana a un cartucho de papel de estraza que estaba en el

mismo cajón que yo y que sabía las últimas noticias de la Corte.

Pero la rueda de Santa Catalina movió la cabeza:

—¡El romanticismo ha muerto! ¡El romanticismo ha muerto! ¡El romanticismo ha muerto! —murmuró. Ella era una de esas personas que a fuerza de repetir algo una y otra vez terminan creyéndolo.

De repente se oyó una áspera y seca tos, y todos miraron a su alrededor. Venía de un estirado y arrogante cohete, que estaba atado al extremo de una larga vara. Él tosía siempre antes de hacer cualquier observación, para atraer la atención del oyente.

—¡Ejem! ¡Ejem! —dijo, y todo el mundo escuchó, excepto la pobre rueda de Santa Catalina, que seguía meneando la cabeza y murmurando: «¡El romanticismo ha muerto!»

—¡Orden! ¡Orden! —gritó un petardo

que tenía algo de político y solía tomar parte relevante en las elecciones locales, de modo que sabía cómo usar las expresiones parlamentarias.

—Completamente muerto —murmuró la rueda de Santa Catalina. Y se durmió.

Cuando el silencio fue total, el cohete tosió por tercera vez y comenzó a hablar. Lo hacía con voz clara y lentísima, como si estuviera dictando sus memorias, mirando siempre por encima del hombro de la persona a la que se dirigía. En verdad, tenía un aire de lo más distinguido.

—¡Qué suerte para el hijo del rey —observó— casarse el mismo día que me van a lanzar a mí! Realmente, ni preparado de antemano resultaría mejor para él; pero los príncipes siempre tienen suerte.

—¡Dios mío! —dijo el pequeño buscapiés—, yo creía que era todo lo con-

trario, que nos lanzaban a nosotros en honor del príncipe.

—En vuestro caso, puede ser —respondió el cohete—, y, efectivamente, no tengo la menor duda de que sea así. Pero lo mío es diferente. Yo soy un cohete muy famoso y vengo de una familia no menos famosa. Mi madre fue la rueda de Santa Catalina más célebre de su tiempo, y fue renombrada por la gracia de su baile. Cuando hizo su gran aparición ante el público, giró en redondo diecinueve veces antes de apagarse, y cada vez que daba una vuelta, lanzaba al aire siete estrellas rojas. Tenía tres pies y medio de diámetro, y estaba hecha de la mejor pólvora. Mi padre era un cohete como yo, y de origen francés. Voló tan alto que la gente tuvo miedo de que no volviera nunca más a la tierra. Volvió, sin embargo, porque era de muy buena condición, e hizo un descenso de lo más brillante, derramando una lluvia de oro. Los periódicos hablaron de su hazaña en términos muy halagadores, y hasta la «Gaceta» de la Corte lo calificó como el triunfo del arte *pilotécnico*.

—Pirotécnico, pirotécnico, dirá usted —dijo una bengala—. Yo sé que es pirotécnico porque lo he visto escrito en mi caja de hojalata.

—Bueno, pues yo digo *pilotécnico* —respondió el cohete con tono severo. Y la bengala se sintió tan apabullada que empezó en el acto a fastidiar a los buscapiés pequeños para demostrar que también ella era una persona de cierta importancia.

—Decía yo —continuó el cohete—, decía yo... ¿Qué decía yo?

—Hablaba usted de usted mismo —respondió la cola de cometa.

—Ah, sí. Ya sabía yo que estaba hablando de algo interesante cuando fui interrumpido tan groseramente. Detesto la grosería y la mala educación, porque soy extremadamente sensible. No hay nadie en el mundo tan sensible como yo, se lo aseguro.

—¿Cómo es un ser sensible? —preguntó el petardo a la cola de cometa.

—Alguien que, porque tiene callos, pisa los pies a los demás —respondió la cola de cometa en un ligero susurro, y el petardo por poco estalla de risa.

—Les ruego me digan de qué se ríen —preguntó el cohete—; yo no estoy riéndome lo más mínimo.

—Me río porque soy feliz —respondió el petardo.

—Ésa es una razón muy egoísta —dijo el cohete con ira—. ¿Qué derecho tiene usted a ser feliz? Debería pensar en los demás. En realidad, debería usted pensar en mí. Yo pienso siempre en mí y todo el mundo debería hacer lo mismo. Eso es lo que se llama simpatía. Es una hermosa virtud que yo poseo en alto grado. Supongamos, por ejemplo, que me pasa algo esta noche, ¡qué desgracia para todos! El príncipe y la princesa no podrían ser

felices ya, y su vida matrimonial se echaría a perder. En cuanto al rey, creo que no se recuperaría jamás. La verdad, cuando me pongo a pensar en la importancia de mi situación, casi no puedo contener las lágrimas.

—Si quiere usted hacer felices a los demás —dijo la cola de cometa—, haría usted mejor en mantenerse seco.

—Ciertamente —exclamó la bengala, que estaba ahora de mejor humor—, eso es de sentido común.

—¡Sentido común, efectivamente! —dijo el cohete con indignación—. Usted olvida que yo soy extraordinario y nada común. ¡Vamos! Cualquiera puede tener sentido común, con tal que no tenga imaginación. Pero yo tengo imaginación, y nunca veo las cosas como son en realidad. Las veo como si fueran completamente diferentes. Y en cuanto a mantenerme en seco... Por supuesto, no hay aquí nadie en absoluto que pueda apreciar una naturaleza emotiva. Afortunadamente para mí, me importa un bledo. Lo único que sostiene a uno en la vida es el convencimiento de la inmensa inferioridad de los demás, y éste es un sentimiento que he cultivado siempre. Pero ninguno de ustedes tiene corazón. Aquí están, riendo y pasándoselo bien, como si el príncipe y la princesa no acabaran de casarse.

—Bueno, realmente —exclamó una pequeña bola de fuego—, ¿y por qué no? Es una ocasión de regocijo, y cuando suba a toda marcha por el aire se lo contaré todo a las estrellas. Las veréis parpadear cuando les cuente de la preciosa novia.

—¡Ah! ¡Pero qué punto de vista tan trivial de la vida! —dijo el cohete—, claro que era lo que yo esperaba. No hay nada en vosotros; sois triviales y vacíos. Puede que el príncipe y la princesa vayan a vivir a un lugar donde haya un río profundo, y puede que tengan un solo hijo, una criatura rubia con

ojos violeta como los del príncipe; y a lo mejor un día sale de paseo con su nodriza, y a lo mejor la nodriza se queda dormida bajo un viejo saúco, y a lo mejor el niño se cae al río y se ahoga... ¡Qué desgracia más horrible! ¡Pobre gente, perder a su único hijo! ¡Verdaderamente es demasiado terrible! Yo no podría soportarlo jamás.

—¡Pero si no han perdido a su hijo único! —dijo la cola de cometa—, ¡ni les ha ocurrido ninguna desgracia!

—Yo no he dicho que les haya ocurrido —respondió el cohete—; yo digo que podía ocurrirles. Si ellos hubieran perdido a su hijo único, no habría nada más que añadir. Odio a la gente que llora cuando se ha derramado la leche. Pero cuando pienso que ellos podrían perder a su hijo único, la verdad es que me da una pena tremenda.

—Ya lo creo que está usted muy apenado —soltó la bengala—; la verdad es que es usted la persona más apenada que he visto en mi vida.

—Y usted la persona más grosera que he visto en la mía —dijo el cohete—. Ustedes no pueden entender mi afecto por el príncipe.

—Vamos, hombre, usted ni siquiera lo conoce —refunfuñó la cola de cometa.

—Yo no dije nunca que lo conociera —respondió el cohete—. Lo que sí digo

es que si lo conociera, no sería su amigo en absoluto. Es arriesgado conocer a los amigos.

—Haría usted bien en mantenerse seco —dijo la bola de fuego—. Eso es lo más importante.

—Muy importante para usted, no tengo la menor duda —respondió el cohete—, pero yo lloraré si me da la gana.

Y empezó a derramar lágrimas de

verdad que corrieron por la vara abajo como gotas de lluvia, y casi ahogan a dos pequeños escarabajos que estaban precisamente pensando en poner casa juntos y buscaban un bonito y seco lugar para instalarse en él.

—Debe tener una verdadera naturaleza romántica —dijo la rueda de Santa Catalina—, puesto que llora cuando no hay motivo alguno para llorar.

Y lanzando un hondo suspiro se puso a pensar en la caja de madera.

Pero la cola de cometa y la bengala estaban bastante indignadas y seguían diciendo a voz en grito: «¡Qué memeces! ¡Qué memeces!» Ellas eran muy prácticas, y siempre que objetaban algo decían que era una memez.

Luego apareció la luna como un maravilloso escudo de plata, y las estrellas empezaron a brillar, y llegó un sonido de música desde el palacio.

El príncipe y la princesa abrieron el baile. Bailaban con tanto primor que los esbeltos lirios blancos se asomaban a la ventana para contemplarlos y las grandes amapolas rojas movían la cabeza llevando el compás.

Dieron las diez, y luego las once, y luego las doce, y con la última campanada de la medianoche salieron todos a la terraza y el rey mandó venir al Pirotécnico Real.

—¡Que comiencen los fuegos artificiales! —ordenó el rey.

Y el Pirotécnico Real hizo una gran reverencia y se dirigió al fondo del jardín. Llevaba seis ayudantes con él, cada uno de los cuales portaba una antorcha encendida sujeta al extremo de una larga pértiga.

Fue un espectáculo realmente magnífico.

—¡Ssss! ¡Ssss! —hizo la rueda de Santa Catalina, que empezó a girar y girar.

—¡Bum! ¡Bum! —siguió la cola de cometa. Luego, los buscapiés danzaron

por todas partes y las bengalas ha-
cían que todo pareciera rojo.

—¡Adiós! —gritó la bola de fuego al
elevarse derramando chispitas azules.

—¡Bang! ¡Bang! —respondieron los
petardos, que estaban disfrutando
una barbaridad.

Todos tuvieron un éxito enorme, menos el famoso cohete. Estaba tan húmedo de haber llorado, que no pudo arder. Lo mejor que tenía era la pólvora, y estaba tan mojada por las lágrimas, que había quedado inservible. Todos sus parientes pobres, a los que no hablaba nunca sino con desprecio, estallaron en el cielo como maravillosas flores de oro y fuego.

—¡Bravo! ¡Bravo! —gritaba la Corte, y la princesita reía de placer.

—Supongo que me reservan para alguna gran ocasión —se dijo el cohete—, sin duda alguna es así.

Y miraba a su alrededor, más engreído que nunca.

Al día siguiente vinieron los obreros a poner las cosas en orden.

—Evidentemente, ésta es una delegación —se dijo el cohete—. Los recibiré con la dignidad apropiada.

Así que arrugó las narices y comenzó a fruncir el ceño con severidad, como si estuviera pensando en un asunto muy importante. Pero no repararon en él hasta que ya se iban.

—¡Vaya! —gritó uno de ellos—. ¡Qué cohete más malo! —y lo tiró al foso por encima de la tapia.

—¿Qué cohete más malo? ¿Qué cohete más malo? —dijo él, revoloteando por el aire—. ¡Imposible! ¡Qué

46

cohete más majo!, eso es lo que dijo el hombre. La verdad es que malo y majo suenan casi igual...

Y cayó en el fango.

—No es nada cómodo esto —observó—, pero sin duda se trata de algún balneario de moda, y me han mandado para que recupere la salud. Tengo los nervios destrozados y necesito descanso.

Entonces una ranita de ojos brillantes como piedras preciosas y abrigo verde jaspeado nadó hacia él.

—¡Un recién llegado, por lo que veo!

—dijo la rana—. Bueno, después de todo, no hay nada como el fango. A mí que me den tiempo lluvioso y una zanja para hacerme feliz. ¿Cree usted que tendremos una tarde húmeda? Ojalá, pero el cielo está todo azul y despejado. ¡Qué pena!

—¡Ejem! ¡Ejem! —dijo el cohete, y empezó a toser.

—¡Qué voz más deliciosa tiene usted! —exclamó la rana—, es casi como un croar, y croar es, sin la menor duda, el sonido más melodioso del mundo. Esta noche podrá usted escuchar a

nuestra coral. Actuamos en el antiguo estanque de los patos, junto a la casa del granjero, y tan pronto salga la luna, comenzamos. Es tan sublime que todo el mundo se queda despierto para oírnos... Ayer mismo oí a la mujer del granjero diciéndole a su madre que no había podido pegar ojo en toda la noche por nuestra causa. Es agradable saberse uno tan popular.

—¡Ejem! ¡Ejem! —dijo el cohete con enfado. Estaba muy molesto por no poder colocar ni una palabra.

—Una voz deliciosa, ciertamente —continuó la rana—. Espero que venga usted al estanque de los patos. Voy a echar un vistazo a mis hijas. Tengo

seis guapas hijas; tengo miedo, no vaya a ser que el lucio pueda encontrarlas. Es un perfecto monstruo que no dudaría en merendárselas a todas ellas. Bueno, adiós. Me ha encantado nuestra conversación, se lo aseguro.

—¡Si usted llama a esto una conversación! —dijo el cohete—. Ha estado usted hablando todo el tiempo. Eso no es una conversación.

—Alguien tiene que escuchar —res-

pondió la rana—, y a mí me gusta hablarlo todo. Eso ahorra tiempo y evita discusiones.

—Pero a mí me gustan las discusiones —dijo el cohete.

—No le creo —dijo la rana con compostura—. Las discusiones son una ordinariez, y en la buena sociedad todo el mundo mantiene las mismas opiniones. Adiós otra vez; veo a mis hijas allá lejos.

Y la ranita se fue nadando.

—Es usted una persona irritante —dijo el cohete— y muy mal educada. Me carga la gente que sólo habla de sí misma, como hace usted, cuando quiere uno hablar de sí mismo, como es mi caso. Eso es lo que yo llamo egoísmo, y el egoísmo es la cosa más detestable, sobre todo para los de mi temperamento, pues bien conocido soy yo por mi naturaleza simpática. Debería usted seguir mi ejemplo; seguro que no podría encontrar mejor modelo. Aproveche ahora que tiene la oportunidad, porque me volveré en seguida a la Corte, donde soy un gran favorito. De hecho, el príncipe y la princesa se casaron ayer en mi honor. Seguro que usted no sabe nada de eso, siendo usted una provinciana...

—No se moleste en seguir hablándole... —dijo una libélula que estaba posada en lo alto de una dorada es-

padaña—. No vale la pena, porque se
ha ido.

—Bueno, pues ella se lo pierde, no
yo —respondió el cohete—. No voy a
dejar de hablar sólo porque no haga
caso. Me gusta escucharme. Es uno

de mis mayores placeres. Tengo conversaciones conmigo mismo con frecuencia, y soy tan inteligente que a veces ni yo mismo entiendo una palabra de lo que digo.

—Entonces quizá debiera usted dar un curso de filosofía —dijo la libélula.

Y desplegando sus preciosas alas de gasa, se echó a volar por el aire.

—¡Qué necia, no quedarse aquí! —dijo el cohete—. Estoy seguro de que no tendrá ocasiones como ésta para cultivar su espíritu. Y, después de todo, a mí qué más me da. Los genios como yo están seguros de ser apreciados algún día.

Y se hundió un poco más en el fango.

57

Pasado algún tiempo, una rolliza pata blanca nadó hacia él. Tenía las patas amarillas y los pies palmeados, y estaba considerada una gran belleza por su manera de contonearse.

—¡Cuac!, ¡cuac!, ¡cuac! —dijo—, ¡qué aire más raro tiene usted! ¿Ofendo si pregunto? ¿Nació usted así o es consecuencia de un accidente?

—Es evidente que ha vivido usted siempre en el campo —respondió el cohete—. De otro modo sabría usted quién soy yo. Pero le perdono su ignorancia. Sería exagerado esperar que la gente fuera tan extraordinaria como uno. Se sorprendería usted, sin duda, si supiera que yo puedo volar hasta el cielo y regresar derramando una lluvia de chispas de oro.

—No me parece nada del otro jueves —dijo la pata—, pues no veo qué utilidad pueda tener para nadie. Ahora bien, si usted pudiera arar los cam-

pos como el buey, o tirar de un carro como el caballo, o cuidar de las ovejas como el perro pastor, eso ya sería otra cosa.

—¡Mi querida criatura! —exclamó el cohete con un tono arrogante—; veo que usted pertenece a la clase baja. Una persona de mi condición no tiene por qué ser útil. Nosotros poseemos un encanto especial, y eso es más que suficiente. Yo no tengo simpatía por ninguna clase de industria, sobre todo por esas que usted parece recomendar. A decir verdad, he sido siempre de la opinión de que el trabajo duro es el refugio de la gente que no tiene otra cosa que hacer.

—Bueno, bueno —dijo la pata, que

era de condición pacífica y no se peleaba nunca con nadie—, cada cual tiene sus gustos. Espero, de todos modos, que venga a fijar aquí su residencia.

—¡Oh, no, Dios mío! —exclamó el cohete—, yo soy sólo un visitante, un visitante distinguido. El hecho es que encuentro este lugar más bien aburrido. Aquí no hay ni sociedad ni soledad. En realidad, es esencialmente barriobajero. Es probable que regrese a la

Corte, pues sé que estoy llamado a causar sensación en el mundo.

—Yo pensé también una vez meterme en la vida pública —observó la pata—. ¡Hay tantas cosas que necesitan ser reformadas! Incluso presidí un mitin, hace algún tiempo, y votamos propuestas condenando todo lo que no nos gustaba. Sin embargo, parece que no tuvieron mucho efecto. Pero ahora estoy por la vida doméstica y velo por mi familia.

—Yo estoy hecho para la vida pública —dijo el cohete—, y en ella figura toda mi familia, incluso hasta el más modesto de ellos. Siempre que aparecemos llamamos la atención. Todavía no he actuado personalmente, pero cuando lo haga, será un espectáculo magnífico. Por volver al tema de la vida casera: eso envejece a uno rápidamente y distrae el espíritu de cosas más elevadas.

—¡Ah!, las cosas elevadas de la vida, ¡qué hermosas son! —dijo la pata—, y esto me recuerda el hambre que tengo.

Y se fue nadando corriente abajo, diciendo: «Cuac, cuac, cuac.»

—¡Vuelva! ¡Vuelva! —gritaba el cohete—, todavía tengo mucho que contarle.

Pero la pata no le hizo ni caso.

«Me alegro de que se haya ido —se

dijo el cohete—, tiene una mentalidad claramente burguesa.»

Y hundiéndose aún más en el fango, se disponía a reflexionar en la soledad del genio cuando de repente dos chavales con blusones blancos vinieron corriendo a la orilla del foso, con un puchero y unos haces de leña.

—Ésta debe ser la delegación —dijo el cohete, y adoptó una postura muy digna.

—¡Anda! —dijo uno de los chicos—, mira este palo viejo; qué raro que haya llegado hasta aquí.

Y sacó el cohete del foso.

—Palo viejo —dijo el cohete—, ¡imposible! Palo bello, eso es lo que dijo. Palo bello es muy halagador. De hecho, me toma por un dignatario de la Corte.

—¡Vamos a echarlo al fuego! —dijo el otro chico—; ayudará a hacer hervir el puchero.

Así que apilaron la leña, pusieron en todo lo alto al cohete y prendieron fuego.

—¡Esto es magnífico! —gritó el cohete—, van a lanzarme en pleno día para que pueda verme todo el mundo.

—Vamos a dormir un poco —dijeron los chicos—, y cuando despertemos estará hirviendo el puchero.

Se echaron en la hierba y cerraron los ojos.

El cohete estaba muy húmedo y tardó mucho tiempo en arder. Al fin, sin embargo, prendió el fuego en él.

—¡Ahora voy a dispararme! —gritó.

Y se puso todo tieso y estirado.

—Sé que subiré más alto que las estrellas, más alto que la luna, más alto que el sol. Subiré tan alto que...

¡Fizz! ¡Fizz! ¡Fizz!, y salió pitando por el aire.

—¡Delicioso! —gritaba—. Seguiré subiendo así siempre, ¡qué éxito estoy teniendo!

Pero nadie lo vio.

Luego empezó a sentir que un extraño estremecimiento le corría por todo el cuerpo.

—¡Ahora voy a estallar! —gritaba—. ¡Voy a incendiar el mundo entero, y haré tal ruido que no se hablará de otra cosa en todo el año!

Y vaya si estalló.

—¡Bang! ¡Bang! ¡Bang! —hizo la pól-

vora, que no podía hacer otra cosa.

Pero nadie lo oyó, ni siquiera los dos chicos, que estaban profundamente dormidos.

El palo fue lo único que quedó del cohete. Y fue a caer sobre el lomo de un ganso que se paseaba por la orilla del foso.

—¡Cielos! —chilló el ganso—. ¡Llueven palos!

Y se lanzó apresuradamente al agua.

—Ya sabía yo que iba a dar el golpe —jadeó el cohete.

Y se acabó.

FIN

J
F
WIL
Sp